LE REMERCIMENT

des Beurrieres de Paris, au Sieur de Courbouzon Montgommery.

A NIORT.

1610.

Lettres de creance de la communauté des
Beurrieres de la Ville, Cité, & Vni-
uersité de Paris, au sieur de Courbou-
zon Montgommery.

MOnsieur de Courbouzon Montgommery, le ressentiment que nous auons
du grand soin & vigilance, que prenez dés
long temps à fournir d'enueloppe la mar-
chandise de nostre communauté, & apres a-
uoir chacune des Beurrieres rapporté en nostre chapitre general tenu à saincte Babylle,
iouxte le Parloir aux Bourgeois, l'assistãce &
prompt secours qu'elle a receu particuliere-
ment à la cheute des feüilles de vignes par la
copieuse & large distribution de vos liures,
& singulierement par la defence magnifique
des Peres Iesuites, que suiuant la trace & les
memoires de la Damoiselle de Gournay, qui
a tousiours bien seruy au public, vous auez
faict publier depuis huict iours en çà : Pour
n'en demeurer ingrates, nous auons deputé
vers vostre tant liberale excellence, La Dame
Marguerite Bas de fesses, dicte la grosse Mar-
got, assistee d'autres notables Beurrieres,
pour vous faire de nostre part les remerci-

mens condignes & proportionnez à vos
biens-faicts, nous estans confiees à sa suffisan-
ce, à laquelle nous vous prions d'adiouster
autant de foy & de creance, que si toutes en
propres personnes vous estions allé faire la
reuerence, Prians Dieu,

Monsieur de Courbouzon, qu'il vous
donne santé de corps & d'esprit. Donné en
nostre chapitre general les an & iour que
dessus, & soubscrit par nostre greffier ordinaire, & seellé d'vn seau de beurre de Van-
ues: apres que les Capitulantes ont declaré
ne sçauoir escrire ne signer.

Harangue de la grosse Margot.

TRes-haut, tres-subtil, tres-glorieux, & enffé
de belles esperances autant ou plus qu'il y ait
honneur d'icy à trois pas & vn sault. Monseigneur
Monsieur de Courbouzon, dict Montgommery,
Dieu vous doint consolation en vos maladies, con-
stance en vos afflictions domestiques, & patience
en vos necessitez: car d'esperance vous en auez
assez.

Comme il n'y a rien si detestable en ce monde
que le vice d'ingratitude, pour lequel aucuns des
Anges crées en toute perfection par vne iuste ven-
geance diuine ont esté abismez au fin fonds des
enfers pour y estre tourmentez eternellement:
Aussi pour euiter vn tel meschef, la venerable
communauté des Beurrieres de Paris, qui est la
plus douce, la plus tendre, & la plus maniable
compagnie de tous les corps & college de ceste
grande ville, se ressentant infiniment obligee à
vostre excellence par le grand nombre de vos
Biens-faicts, bien que ce fut possible sans y auoir
pensé, & contre vostre intention, nous a deputé
vers vous, pour vous faire entendre l'alegresse in-
comparable, qu'elle a receu tant en general que
particulier de la mâne de vos beaux liures qui s'est
respandue à gros floccons sur nos estaux & dedans
nos eschoppes, quoy que ce soit à si vil prix, que
nous les auons reputez comme dons gratuits.

Mais sur tout nous auons admiré vne singuliere

A iij

prudence, & merueilleuse prouidence suiuis d'vn coutage enragé de voſtre part, veu meſmement que l'on tient d'ordinaire, que iamais vn homme n'eſt eſtimé liberal en ſes neceſſitez; & neantmoins encores que vos bouges ne ſoyent pas ſi remplies que celles d'vn ſinge qui eſpluche des marrons, toutesfois vous n'auez point craint de faire imprimer vos liures à vos deſpens, tant pour l'affection que vous auez de vous faire recognoiſtre partizan de ces bons Peres Ieſuites, dont Dieu ait l'ame le pluſtoſt que faire ſe pourra, que pour teſmoigner publiquemét que vous ne tenez rien que le nom, de ces Capitaines Montgommeris, qui ont vendu autresfois l'orge ſi cherement, & ſe ſont plus amuſez à battre les bons Catholiques, qu'à faire des liures, comme vous Monſieur Courbouzon, ioinct le deſir treſ-loüable que vous auiez de vous faire crier deuant le Palais, & vous faire veoir tout de voſtre long dans les ſpacieuſes boutiques pendues au col, bien ſanglees des Colporteurs.

Ce ne ſont pas là, Dieu mercy, les premiers de vos liures qui ont paſſé par nos mains. Et moy qui parle, ie puis dire veritablement & ſans iactance, en auoir yzé plus de deux rames en moins de quinze iours, la grace à vous, car auſſi toſt qu'vn Charantoniſte, ou quelque Politique fauteur & adherant, a faict quelque liure, tant gros puiſſe-t'il eſtre, vous le deuorez en vingt-quatre heures, & faictes comme Iulian l'Apoſtat, lequel apres auoir leu aucuns des liures des deux Apollinaires Pere & Fils, de S. Baſile, de Nazianzene, s'en rit, & dict aux principaux Eueſques de ſon temps, i'ay veu, i'ay

congneu, i'ay condamné. Ainfi faictes vous, Monfieur de Courbouzon : car voftre efprit eft fi vif,
que fur le nom feul du liure, & à trauers la cou-
uerture vous iugez de la bonté d'iceluy, & y ref-
pondez comme il faut, & fort à propos pour noftre
communauté.

Ie laiffe volontiers à part, ce que non moins librement que fagement, vn Chreftien (fut S. Bafi-
le ou autre) refpondit à ceft Empereur, Tu as leu,
mais non entendu, car fi tu l'euffes entendu, tu
ne l'euffes improuué ou condamné, d'autant que
cefte refponce n'eft pas maintenant de faifon, &
ne fert de rien à voftre loüáge. Voila donc en quoy
reluit la grande viuacité de voftre efprit, qui fe fera
toufiours admirer par vos liures tant & fi longue-
ment que l'on mangera du beurre à Paris.

Nous auons d'ailleurs à loüer voftre prudence,
en ce que fort induftrieufement, fi mieux vous
n'aymez que nous imputions cela à voftre naturel,
vous efcriuez en ftyle fi rude & raboteux que tel
qui s'en eft voulu feruir de mouchoir au pays bas,
s'en eft trouué tout efcorché par l'huis de derriere,
fi bien que pour adoucir le tout, neceffairement il
a fallu auoir recours à nous autres Beurrieres. Et
c'eft là, de par Dieu, ou malgré nous, nous puifons
les eaux viues de la faincte Philofophie, par ce que
iufques à ce que le Beurre foit vendu, nous auons
toufiours l'obiect de vos beaux liures deuant nos
yeux, d'où vient que deuenuës fçauantes infenfi-
blement, vous entendez paffant par les Halles, &
autres places publiques, tant de beaux Apophteg-
mes, de fentences, & mots dorez que nous auons

appris par la lecture de vos rares escrits.

Il est bien vray que depuis n'agueres, ils se sont presentez quelques mal habiles gens qui ont voulu entreprendre sur vos marches, & vous desrober vostre chalandize, comme vn certain Peletier, & la Damoiselle de Gournay, pucelle de cinquante cinq ans, qui s'y sont meslez de publier des defeses pour les Iesuites, comme ayans interest en la cause sous pretexte qu'ils ont esté rappellez & restablis à la poursuitte, brigue, & solicitude du Postillon general de Venus.

Mais prenez courage, Monsieur de Courbouzõ, ces bons Peres ont bien d'autres defenseurs, & de plus grands Seigneurs, que toute cette racaille. Ne laissez pas de faire tousiours imprimer vos liures. Au pis aller ce n'est que du temps, de l'encre & du papier perdu, mais pour le moins vous ferez parler de vous pour vn temps : en bien ou en mal, c'est tout vn. S'en scandalize qui voudra, pourueu que les Beurrieres y proffitent : aussi bien dict-on que vous ressemblez aux brebis qui sont nourries d'absynthe prés la mer majour, & que vous n'auez point d'amer.

Sur tout ne prenez pas garde à tout ce que pourroyent faire ny dire vos aduersaires, qui par certaines remarques qu'ils disent auoir faict de vos ignorances, & calomnies, voudroyent bien vous fermer la bouche, & esmousser vostre plume si trenchante, afin de vous oster le goust, & le prarit de plus faire tant de beaux & gros liures qui ont chacun vne feüille pour le moins, & nous priuer par ce moyen des fruicts de vos liberalitez.

Si

Si vous ou voſtre imprimeur y perdez à la vente, il n'importe, tant mieux pour nous. On diſt communémét que l'vn n'y perd que l'autre ny gaigne. Croyez que nous aymons mieux mille fois ouyr parler que vous faciez imprimer des liures qu'vn tas d'Anticotons que chacun pour le temps qui court, veut auoir en ſon eſtude ou en ſa pocherte comme vn guide de la verité, à ce que pluſieurs, qui croyent que les bons Peres Ieſuites ſont Autheurs par leur mauuaiſe doctrine de la mort de noſtre pauure Roy deffunct, que Dieu abſolue, ont publié par tout, De dix impreſſions de ſemblables liures, il ne nous en tomberoit pas vn entre les mains, auſſi n'aurions nous garde de les achepter, par ce que l'argent y croiſt de moment en moment chez les Imprimeurs. Au commécement on les vendoit cinq ſols, puis dix, puis ſeize, puis vn demy eſcu, & apres que l'imprimeur pour ſatisfaire à la paſſion du Pere Coton a eſté ſaiſi par aucuns particuliers zelez & empriſonné d'authorité priuee, on n'en trouue point à moins d'vne piſtole, il nous faudroit bien rehauſſer le prix du beurre ſi nous en prenions à ce taux. Ce n'eſt pas viande pour nos oiſeaux. Mais vos liures Monſieur de Courbouzon, c'eſt iuſtement noſtre portee, ils s'y debitent au rabais, comme le charbon de Greue, tant il y a bonne ville en ceſte police.

C'eſt auſſi en quoy les gens de bien qui ne deſirent pas l'encheriſſement des denrees, vous eſtiment infiniment, & trouuent parce que vos liures ſöt touſiours entre les mains des beurrieres, qu'en conſcience ils ſont bien meilleurs que ces pail-

B

lards d'Anticotons , & autres femblables , car il eſt
eſcrit au liure de Iob ch. 20. Que les meſchans ne
verront point les ruiſſeaux des fleuues de miel &
de beurre , *Ergò*, par vn argument à ſens contraire,
ceux qui ſont touſiours parmy le beurre, voire qui
ſeruent à l'ennelopper comme vos liures, ſont bós.
Et ne croy pas que tous ces Anticotoniſtes puiſſent
apporter vne ſolution valable à ceſt argument.
Quant à moy apres l'auoir exactement leu , i'en ay
dict librement mon aduis, que i'y auois pris vn fort
grand plaiſir , & m'en ſentois fort edifiée , voyant
que vous eſtes ſi reſolu , & parlez comme ayant
authorité , & d'ailleurs i'ay creu certainement que
voſtre fleau ſeruiroit à chaſſer tous ces gros chiens
Ariſtogitons , & porteurs de beurre au marché ,
bien loing de nous & de nos denrees. De ſorte que
l'ayant preſque tout mis en ma memoire pour ſa
briefueté , ie courus auſſi toſt aux fauxbourgs de
S. Germain des prez , chez Madamoiſelle de France qui eſt de la Religion pretenduë reformee, la
maiſon de laquelle i'ay ceſt honneur de fournir de
beurre depuis la reductió de Paris , croyát qu'auſſi
toſt que ie luy aurois faict voir voſtre liure , ce ſe-
roit auſſi toſt vne ame gaignee. Mais helas , i'y ay
bien trouué change de monnoye. Car de mauuaiſe rencontre Monſieur ſon mary eſtant ſuruenu &
iecté l'œil ſur voſtre liure que nous liſions, puis
que nous ſommes icy à part , & que voſtre viſage
me faict croire, que mes propos ne vous ſont point
autrement deſ-agreables , ie prendray la hardieſſe
de vous raconter priuement , ce que ce bon Seigneur partie en riant , partie à bó eſcient nous en a

dict, & le iugement qu'il a faict de vostre liure,
mesmes parce que ie n'entends le Latin non plus
que le haut Allemand, comme vous pouuez croire voila vn papier qu'il m'a baillé pour monstrer à
ceux qui vous flattans par trop, voudroyent faire
croire aux plus sots que vous auez faict des mer-
ueilles.

Premierement doncques il courut tout vostre
liure en vn moment, & me souuient qu'en lisant
chacune page il se souzrioit, quelquefois il s'eclat-
toit, autres fois en marquant quelque ligne de
son ongle, il luy eschappoit de dire, O le grand
veau! dequoy parmenenda ie me sentois toute
scandalizee : tellement qu'apres auoir reiecté vostre liure sur la table, ie ne peuz me tenir de luy dire, & bien, Monsieur, que vous en semble? Comment? ma commere, respondit-il, ie voudrois que
le sieur de Courbouzon, puis qu'il se dict estre de
la maison de ces braues Montgommeriz qui ont
acquis tant d'honneur par leur valeur & sages de-
portemens, iusques à auoir seellé de leur sang la
verité de laquelle ils faisoyent profession, eust la
ceruelle mieux timbree, & ne seruit point de ma-
rotte aux Peres Iesuites? Ce pauure homme me
faict pitié. Helas, ne sçait-il pas bien que le Pere
Coton s'estant veu frotté & estrillé en compere &
en amy par l'Anticoton, & ne sçachant dequoy y
respondre, apres auoir esté mendier des memoires
de toutes parts, qui tous ne valoyent rien, & par la
confrontation se trouuoyent faux, afin qu'il ne
semblast poinct par vn silence vniuersel aduouer
ce qui luy a esté obiecté, s'est premierement adres-

lé à vne Damoiselle Carabine qui pour la defense
de ce venerable, a eu bien tost vzé la pouldre de
son fourniment, & puis ayant enseigné au sieur de
Courbouzon, le marchant chez lequel on prend
ceste munition, luy ont faict iouer l'enfant perdu,
le Pere Coton se tenant tousiours au gros de la ba-
taille qui regarde faire les autres en attédant l'heure de donner ou de s'enfuir.

Or courōs cest Almanach. Ie passe l'epistre à la
Royne de laquelle ie ne puis parler qu'auec vn sin-
gulier respect de sa Majesté, & suis autant marry
que son nom sacro-sainct soit meslé parmy les as-
neries de ce siecle, que scandalizé de ce que ce miserable Scribe dict, que tout ainsi que ceux de la
maison des Montgommeris ont rendu fidelles ser-
uices au deffunct grand Monarque Henry, ainsi il
est obligé à deffendre ses bons seruiteurs les Iesuites, faisant sottement & criminellement vn paral-
lele du seruice du Roy & de la defense des Iesuites
les plus grands ennemis qu'il eut iamais, quoy que
couuerts en France, & declarez par tout ailleurs.

Le titre de ce grand œuure, est le fleau d'Aristogiton. A la verité ie=tant l'œil premierement sur ce
mot de fleau, ie pensois qu'il nous fut suruenu a-
pres Aoust quelque chartier ou batteur en grange,
mais le mot d'Aristogiton qui suit, me faict croire
que l'Autheur veut contrefaire le sçauant, ou bien
que par ce giād mot il a pensé faire peur aux petits
enfans, comme celuy qui croyoit que Macrobe
estoit le nom d'vn Diable, ou bien que par vn mesme ton il a voulu rithmer Aristogiton sur Anticoton, autant que s'il eust dict marmiton, ou porteur

de rogaton, tout ainfi que fi au lieu de refponfe au
liure du fieur de Courbouzon, on difoit le fleau de
corps d'oizon. Quoy qu'il en foit, ie ne puis deui-
ner à quel propos il a furnommé l'Anticoton Ariftogiton, & penfois que par la lecture du difcours,
i'apprendrois quelque fimilitude de vie & façon de
faire en l'vn & en l'autre, mefmes que cela me fe-
roit defcouurir, qui eft l'Autheur de ceft Anticoton, mais c'eft grand pitié que hors le titre il n'eft
parlé vn feul mot en tout le difcours d'Ariftogiton,
finon à la premiere page ou il dict, qu'au lieu d'in-
tituler le traicté l'Anticoton, il deuoit pluftoft dire
l'Ariftogiton. Nous voila auffi fçauans qu'auparauant. Car au fonds il y auroit bien plus d'apparence d'approprier le nom d'Ariftogiton aux Iefuites,
qu'à l'Anticoton, lequel par ce difcours n'eft accu-
fé d'aucun de ces vices infames qui eftoyent fami-
liers à Ariftogiton.

L'hiftoire Grecque nous apprend qu'Ariftogiton eftoit vn Sodomite qui auoit Harmodius pour
fon bardache. Ce vice eft ordinaire entre les Iefuites, tefmoing la depofition de Chaftel leur efcho-
lier, furquoy ceux qui ont deuiné par la rencontre
des Anagrammes, fur *Iefuitarum fecta*, ont trouué
par l'inuerfion des lettres, *Et tu mares vicias*, encores que ie ne m'arrefte pas à cela, parce que comme aux cloches on fait dire aux lettres tout ce que
l'on veut.

Ariftogiton tua au iour de la grand fefte Pana-
thenee Hipparchus frere du Roy Hippias, & fils
du Roy Pififtratus : L'Anticoton a monftré que les
Iefuites par leur doctrine abhominable ont faict

tuer Henry le Grand au millieu de ses triomphes.
Si le pauure Corbouzon y entend plus de finesse,
nous attendrons qu'il gloze son discours pour la
foire prochaine. Venons au texte & nous depes-
chons.

Fol. 3. pag. 1. & tout au commmencement, il
dict qu'il croit les Iesuites fort vtiles en Fráce pour
la manutention de la religion, à cause de l'animo-
sité que les Huguenots leur portent. Voila ce ques
vne fort belle illation, & vn sophisme aussi aigu
que les fesses d'vn moyne. Si ce que les Huguenots
ont en horreur est vtile pou r maintenir la religion
en France, Les Huguenots haissent les couppeurs
de bourses, les paillards, les sodomites, les tueurs &
massacreurs des Roys, *Ergò*, par vostre Dialecti-
que monsieur de Courbouzon tous ces gens de
bien là sont tref-vtiles pour maintenir la religion
en France. Vous estes en bonne foy vn grand Phi-
losophe, & auez la ceruelle bien quintessentiee.
La cause de la haine que les Huguenots portent
aux Iesuites n'est pas la diuersité de la religion, puis
qu'il plaist au Roy de faire viure ses subiects en
paix souz le benefice de ses edicts, autrement ils
auroyent bien plus d'occasion de hayr messieurs
de la Sorbonne & tant d'autres sçauans hommes
& excellens Theologiens Catholiques, desquels
les Iesuites ne font qu'escumer les escrits dont ils
composent leurs rapsodies, & en font leurs plus
grands festins. Mais la cause de la haine des Iesui.
tes est commune à tous les bons François de l'vne
& l'autre Religion. Leur hypocrisie, leur trahison,
leur meschante & pernicieuse doctrine qui ensei-

gne à tuër les oincts de Dieu , leur cabale auec les
estrangers, leurs intelligences auec les ennemis de
la France les faict hayr par tous les gens de bien.

Pag. 2. Courbouzon parle des Ministres enche-
uestrez d'vn froc. Voila bien rencontré, comme si
les Ministres se couuroyeut de cest abrifou, ou s'ils
estoyent accoustumez de porter ceste escharpe,
comme les moynes ausquels ceste parure sert de
reconnoissance. Mais il a pensé auoir dict quelque
chose pour faire rire; aussi nous a t'on dict que par
la faueur du Pere Coton, il brigue en court pour
auoir vn estat de Ioyeux du Roy. Et de faict en la
mesme page il continue à faire le boufon quand il
crie, c'est Lycaon, voila le galant. Ie luy demande-
rois volontiers où il pense estre , quand il faict ces
belles exclamations, s'il cuide iouer vne farce aux
pois pilez enfariné & encheuestré du beguin de
Iean Poignan , ou bien s'il est si sot d'auoir oublié
qu'il parle à la Royne auec si peu de reuerence &
des mots de gueuzerie du port au foin, comme au
feuillet 9. pag. 1. quand il dict que ce sont contes
propres à reciter en tauerne entre la poire & le
fromage. Iamais ceux qui sont du vray tige de
Montgommery ne furent si mal appris de parler
aux Roys & aux Roynes de ceste façon. C'est pour-
quoy il y a danger qu'il n'y ait quelque *deficit*, en
l'inuentaire de la genealogie du sieur Courbouzon.

Suiuons; & qu'il nous die vn peu si c'est du François ou bas Breton (Ne voyez vous pas son long
museau, & sa dent enuenimée au sang de toute l'E-
glise.) Que veult dire ce langage? N'a il point d'au-

tre Rethorique pour renuerser l'Anticoton ? Ie
m'asseure que la presomption qu'il a eu d'auoir si
bien fait, luy a fait mettre son liure en lumiere sans
l'auoir fait reueoir au pere Coton. Car il n'eust pas
failly de luy fournir quelques mots non vulgaires,
tirez de la Sphere, comme de Poles, de Tropiques,
d'Anges, d'ascendans, de Zenith, & autres sembla-
bles, dont il beffle & se fait admirer par ces pauures
courtisans, pour entre-larder ce maigre discours, &
luy donner quelque pointe.

Mais possible que le bon pere Mitis estoit assez
empesché d'ailleurs à reformer les passages des au-
cteurs qu'il a si mal traduits en Fraçois dans son institution Catholique, qu'il faict dire aux bonnes
gens tout le contraire de ce qu'ils ont escrit en
Grec ou en Latin, ou bien à appaiser le pauure
Chappellet son Imprimeur qui se plaint tout hautement de n'en auoir pas tant vendu qu'il en a
doné. Tellement, ma commere ma mie, qu'il y a
apparence que bien tost ceste belle institution ira
veoir les Beurrieres pour faire compagnie aux œuures si elegantes du sieur Courbouzon.

Fol. 4 pa. 1 & suiuantes, Sur ce que l'Anticoton a
dict que c'est l'opinion commune parmy tous les
François & estrangers, que c'est la creance des Parlemens, de la plus-part du Clergé, & de la sacrée faculté de Theologie, que les Iesuites sont coulpables de la mort du feu Roy, par leur maudite &
pernitieuse doctrine : Courbouzon se contente
simplement de dire, que cela est appertement faux.
O impudence effrontée ! Hé, qui est le bon François auiourd'huy, iusques aux pauures Herbieres
des

des Halles qui voyant passer vn Iesuite par la ruë,
ne iecte aussi tost vn souspir, & ne dit auec vn ex-
treme regret : Voila de ces meschans qui ont fait
tuer nostre bon Roy. Quant aux estrangers, ils en
parlent à cœur ouuert plus que nous mesmes, &
se moquent de nostre patience, & de nostre si
grand endormissement, de souffrir encores ces vi-
peres parmy nous.

Pour le regard des Parlemens, les Arrests ne sont
ils pas asses publics, contre Barriere, incité & con-
fessé par Varade Iesuite, contre Chastel Escolier des
Iesuites, contre Guignart son precepteur, contre
Hayus Escossois, contre Mariana ? Ce monument
superbe esleué deuant la grand porte du Palais, de
l'authorité de la Cour, en l'honneur de nostre
grand Roy, en action de graces à Dieu, d'auoir pre-
serué sa vie des attentats des Iesuites, en horreur
& detestation des massacreurs des Rois, n'est-ce
pas vn suffisant tesmoignage de la creance du Parlement.

Nous pensions à la verité, que les Iesuites ayans
par leur Escolier frappé le Roy en la bouche, en
intention de le ruer, & depuis abusans de la cle-
mence infinie de ce bon Prince, fait abatre la Py-
ramide, marque de leur trahison, perfidie, &
cruauté, sans authorité de Iustice, & au mesme
temps, qu'ils publierēt l'Apologie de Garnet Iesuite, autheur de la fougade d'Angleterre, fait censu-
rer en l'Inquisition de Rome l'Arrest de la Cour de
Parlement, portant leur condemnation auec celle
de Chastel, leur rage demeureroit assouuie, & que
du moins ils feroient comme les Lyonnes qui ne

C

conçoiuent & n'engendrent qu'vne seule fois, & auec leur premier fruict, jettent leur matrice. Mais tout au contraire nous auons experimenté à nostre tres-grand malheur, qu'ils sont du naturel des Lieures, lesquels apres mis hors leurs petits, à l'heure mesme en conçoiuent vne douzaine d'autres. Iesuites pires que les Loups des Palus Meotides qui s'appriuoisent, & gardent les filets des Pescheurs qui leur donnent quelquefois à manger.

Quant au Clergé & la Faculté de Theologie, les sermós publics de tant de braues Docteurs : le Decret de la Sorbonne sur lequel le liure de Mariana Iesuite bruslé, & en iceluy la doctrine vniforme des Iesuites qui apprend à tuer les Rois, a esté bruslee par les mains du Bourreau, deuant le grand portail de l'Eglise de Nostre Dame de Paris, démentent le démenty de Courbouzon, qui contrefait par trop l'ignorant en l'histoire si recente de nos malheurs.

Et quoy? ces Peres venerables sçauroient ils denier que tout fraischement pendant le siege de Iullliers, vn Iesuite a presché publiquement à Coloigne que Rauaillac estoit vn sainct Martyr, pour encourager les esprits assassins à faire le semblable enuers les Princes Chrestiens, & pour excuser deux autres qui trois iours auparauant auoient esté pris à Murs, ayans vn dessein sur la vie du Comte Maurice. Dequoy quelques Seigneurs & Capitaines vrayement François, ayans fait instance, & iceluy demandé pour en faire faire iustice, se doutans qu'il sçauroit quelque chose de la conspiration de Rauaillac : Les Peres y mirent bon ordre &

promptement, car recognoissans que si on pressoit, mal aizement pourroit on refuser de le liurer aux François, ils l'empoisonnerent, par vn mesme artifice qu'ils ont fait, Hayns leur confrere, lequel ayant esté banny par Arrest du dixiesme Iannier, 1595. pour auoir enseigné publiquement qu'il faloit dissimuler & obeir au Roy pour vn temps par feintize, disant fort souuent ces mots, *Iesuita est omnis homo;* Et d'auantage, qu'il desireroit si le Roy passoit deuant leur College, tomber de la fenestre sur luy pour luy rompre le col: Et ayant depuis repeté & confirmé ces mesmes paroles en la ville de Prague, sur ce que les plus grands de ce Royaume solliciterent de le faire amener en France, on respondit qu'il auoit auallé vn orge mondé qui n'estoit pas bien cuit, & se trouua mort aussi soudain, que le Preuost des Mareschaux de Pluuiers (lequel a deux enfans auec les Iesuites) estranglé au Chastelet d'vn lacet de son caleçon, qui n'estoit assez fort pour brider vne mouche. Mais voicy la ruze des compagnons: d'autant qu'ils recognoissent en nostre ieune Roy vne vigueur d'esprit, qui promet auec le temps de faire vne iustice exemplaire de ceux qui seront trouuez coulpables du tres-cruel assassinat, commis en la personne du feu Roy son Pere, ils luy ont de longue main, & fausement persuadé que ce prescheur de Coloigne estoit Cordelier: Mais la verité paroistra tousiours, fut elle enueloppée de cent mil liures de Coton.

Or ce braue defenseur des Iesuites, pour les tirer hors du pair, argumente ainsi, Les Iesuites sont du corps de l'Eglise: l'Eglise defend de tuer les Rois,

Ergò, les Iesuites n'enseignent pas de tuer les Rois.
Tournez la medaille, & argumentez ainsi. L'Eglise defend de tuer les Rois. Les Iesuites enseignent
à tuer les Rois, *Ergò*, les Iesuites ne sont pas du
corps de l'Eglise. Passons outre, & voyons vn autre
raison encore plus falotte.

Les Iesuites, dit-il, n'ont peu instruire Rauaillac
à tuer le Roy, par ce que leurs liures sont en Latin,
& encor assez obscur, que Rauaillac n'entendoit
pas ; comme si les Iesuites en leur conferences se-
crettes, & en la confession faicte au Pere Daubi-
gny n'auoyent iamais parlé qu'en Latin obscur. Il
ne faut point apprendre à ces bonnes gens la ma-
niere de corrompre les foibles esprits. Ils n'ont que
faire pour cela d'aller au conseil de Courbouzon,
en fin il dict que les Docteurs Lutheriens & Huguenots en ont plus dict & escrit que ne fit iamais
Mariana. Cela n'est pas soudre l'obiection que faict
l'Anticoton, ains faut confesser ou nier si les passages des Iesuites alleguez par l'Anticoton sont vrais
ou faux. Car s'ils sont vrais, la cause est gaignee.
S'ils sont faux, c'est au sieur Courbouzō defenseur
des Iesuites de monstrer ou est la faulseté, & puis on
sçaura s'il dict vray du reste. Mais là dessus il est de-
meuré bien court, aussi est-il malaizé de combatre
la verité, encore plus de l'abbatre.

Or ce qu'il dict & allegue de Caluin & de Luther,
le bon Seigneur n'a pas mis le nez si auant dãs leurs
liures, ce sont les memoires que le Pere Cotō vou-
loit inserer premierement en sa lettre declaratoire,
mais l'ayant communiqué à vn de messieurs les gẽs
du Roy auparauant que de la faire imprimer, il luy

conseilla sagement de retrancher ces allegations de
sa lettre, pour beaucoup de raisons, & pour sauuer
l'honneur du pauure here. Depuis neantmoins il
les donna à la pucelle de Gournay, & de là par vne
traditiue sont venus iusques au sieur de Courbouzon. Encores nous a tõ dict qu'il y a ie ne sçay quel
reliqua duquel il a armé vn certain gros matou
portant au visage le carachtere Pedantesque inde-
bile, qui doit entrer vn de ces iours en lice pour la
defense des Iesuites. Mais on en sera quicte pour dire quand on le verra garde la corne.

Aussi est-ce la verité que l'on ne trouuerra iamais
en toutes les œuvres de Caluin ny de Luther vn
seul endroit ou ils diёt qu'il soit loisible de tuer les
Roys. Qui voudra sçauoir au vray quelle a esté leur
doctrine, elle ne se peut mieux apprendre que par
les liures qu'ils ont faict de l'Institution de la Religion Chrestienne: c'est là où on cognoistra ce qu'ils
ont eu dans l'ame. Voyez ce que dict Caluin en
son Institution, liur. 4. chap. 20. sect. 25. & iusqu'à la
fin. Qu'en vn homme peruers & indigne de tout
honneur, lequel obtient la superiorité publique,
reside neantmoins la mesme dignité & puissance,
laquelle nostre Seigneur, par sa parole, a donné aux
Ministres de sa iustice: & que les subiects, quant à
ce qui appartient à l'obeïssance deuë à sa superiorité, luy doiuent porter aussi grande reuerence
qu'ils feroyent à vn bon Roy, s'ils en auoyent vn.
On cognoist assez quel Roy a esté Nabuchodono-
zor celuy qui print Ierusalem; c'est à sçauoir, vn
grand larron & pilleur: toutesfois nostre Seigneur
afferme, par le Prophete Ezechiel, qu'il luy a don-

né la terre d'Ægypte pour le loyer de son œuure,
dont il luy auoit seruy en la dissipant & saccageant.
Quand nous oyons qu'il a esté constitué Roy de
Dieu, pareillement il nous fault reduire en memoire l'ordonnance celeste qui nous commande de
craindre & honorer le Roy , & nous ne douterons
point de porter à vn meschant tyran tel honneur
duquel nostre Seigneur l'aura daigné orner. Et en
la sect. 27. Si ceste sentence nous est vne fois bien
resoluë & fichée en nos cœurs , c'est à sçauoir que
par icelle mesme ordonnance de Dieu, par laquelle l'authorité de tous Roys est establie , aussi les
Roys iniques viennent à occuper la puissance : Iamais ces folles & seditieuses cogitations ne nous
viendront en l'esprit, qu'vn Roy doiue estre traicté
selon qu'il merite , & qu'il n'est pas raisonnable
que nous nous tenions pour subiects de celuy qui
ne se maintient point de sa part enuers nous comme Roy. Et en la Sect. 29. Nous deuons tous à nos
superieurs, tant qu'ils dominent sur nous, vne telle
affection de reuerence que celle que nous voyons
en Dauid (enuers Saül) mesmes quels qu'ils soient.
Ce que ie repete par plusieurs fois, à fin que nous
apprenions de ne point esplucher quelles sont les
personnes ausquelles nous auons à obeir : mais que
nous nous contentions de cognoistre que par la
volonté du Seigneur ils sont constituez en vn e-
stat, auquel il a donné vne Maiesté inuiolable. Voila en sommaire quelle a esté la doctrine de Caluin,
expliquée plus au long en dix ou douze colomnes
de son Institution. Tous les Docteurs Theologiens
comme P. Martyr, Musculus, & autres de mesme

profession en ont escrit de ceste mesme sorte , &
c'est la constante doctrine qu'ils ont tous annoncé
en leurs Eglises . Que si pendant que les feux e-
stoyent allumez par toute la France, & au plus fort
des persecutions , il est eschappé à Caluin , en ses
predications , quelque parole d'aigreur contre
ceux qui affligeoyent ainsi l'Eglise de Dieu , où a-
uec moins de respect, que possible il eust esté à de-
sirer pour le monde,Il fault donner quelque chose
à la qualité d'homme, subiect aux passions comme
les autres , mesmement en la defense d'vne cause
que l'on croit estre iuste , le temps le rend excusa-
ble, auquel pour la conseruation de son troupeau,
il ne pouuoit autre chose opposer que des paroles
à tant de sinistres effects, desquels ceux qui les ont
commis se sont depuis repentis. Et encores ce n'est
point luy qui les a publiez. Que l'on regarde tous
ses liures desquels on a voulu extraire quelques
rudes paroles contre les Tyrans,Il se trouuerra que
ce sont des auditeurs qui les ont recueillis de sa
bouche , & d'eux-mesmes les ont faict imprimer
sans son adueu,& sans les luy auoir faire reuoir auparauant. Mais quoy que ce soit,que l'on espluche
tant exactement qu'on voudra toutes ses œuures,
il ne se trouuerra iamais vn seul mot de tuer les
Roys , non pas seulement de se rendre refractaires
à leurs commandemens en aucune façon,sinon en
cas qu'ils voulussent empescher leurs subiects de
seruir Dieu, & qu'ils voulussent establir leur thrô-
ne par dessus celuy de Dieu , Auquel cas les subiects ne sont pas tenuz de leur obeir , comme l'a
tres-bien expliqué Caluin sur Daniel , dont le sieur

de Courbouzon n'en a rapporté qu'vne partie eſ-
courtée, mais en tout cas, & pour quelque occa-
ſion que ce ſoit, il ſe tient touſiours à la ſaine doctrine, Qu'il n'eſt point permis d'attenter à la ſa-
crée perſonne des Roys.

Le meſme a eſcrit Luther en tous ſes liures, ſpe-
cialement parlant du Pape en ſon Commentaire
ſur l'Epiſtre de S. Pierre chap. 2. en ceſt endroict ſur
ces mots, *Timete Deum, honorate Regem*, où il dict:
Non iubet vt magni Reges ac rerum dominos faciamus,
ſed vt nihilominus honoremus, etiamſi ethnici ſint. Id
quod fecit cum Chriſtus ipſe, tum Prophetæ, qui ſe ad pe-
des Regum Babylonis proſtrarunt. Poſſis autem hic dicere:
Ergo vides, vel ex hoc loco, obediendum Papæ, &
quemque decere vt ad illius ſe pedes proſternat? Reſpon-
deo. Verum id quidem eſt, ſi profanam illam ſibi poteſta-
tem vſurpet, & externum agat Principem, profecto illi
obediendum eſt: vt ſi ita dicat, Præcipio tibi vt cucullam
geſtes, aut ſis raſo vertice, vel, iſto die ieiunes, non quod
credas huius rationem haberi apud Deum aut eſſe id ad
ſalutem neceſſarium, ſed tantum ideo, quod ita mihi, tan-
quam profano Principi tuo viſum ſit. At vero cum ad
hunc modum tyrannaſſat: Præcipio hoc tibi, loco Dei omni-
potentis, vt ipſum, haud aliter quam ab ipſo Deo manda-
tum amplectaris, atque obſerues ſub pœna excommunica-
tionis ac peccati mortalis; tum dicas, Bona verba, ſitis mi-
hi propitius domine Papa. Equidem quod mandatis nul-
lis fecero. Et d'autant ma commere ma mie, que
vous n'entendez pas le Latin, ie le vous donne par
eſcrit en ce papier pour le communiquer au ſieur
de Courbouzon, où telle autre perſonne qu'il
vous plaira, pour ſçauoir lequel de nous eſt men-
teur.

teur. Car ie suis asseuré que ceux qui voudront
prendre la peine de s'esclaircir de la verité ; trou-
uerront que le nom d'Aristogiton, Ie ne dis pas ce
tueur de Roys, ou de Princes du sang Royal, mais
de celuy qui pour ses impudentes calomnies, fut
appellé Chien, & qui par Lycurgus & Demosthe-
ne fut estrillé en chien courtault, appartient iuste-
ment au sieur de Courbouzon, qui abbaye contre
ceux lesquels ont en leur vie, & par tous leurs escrits, tousiours abhorré, & detesté les parricides, &
massacreurs des Roys.

Quant à ce qui est rapporté de Buchanan, c'est
l'opinion d'vn homme particulier qui n'eust onc-
ques le caractere de Docteur, n'y de Pasteur en
aucune Eglise, Il a escrit ses passions historique-
ment qui n'obligent personne à le croire, Et puis, le
temps auquel il a escrit, le soing du Maistre qu'il
seruoit, & l'estat des affaires d'Escosse qui estoit lors
l'ont poussé à escrire beaucoup de choses que possible depuis il n'eust pas voulu soustenir.

Tout le reste de ce miserable discours ne merite
pas qu'on s'y areste dauantage, parce que l'Anticoton ayant touché au vif, & declaré par le menu
les sottises, meschancetez, & impietez de ces bons
Peres, Courbouzon se contente de dire que ce
sont fables, & qu'il n'en est rien, mais ie croy qu'il
attend vn plus iuste volume de Responces, que
l'on dit le Pere Coton auoir obtenu permission de
faire imprimer, toutesfois il y a grande apparence
qu'il ne le fera pas qu'après la Sainct Martin, d'autant que ce sont les memoires qu'il doit donner à
son Aduocat pour plaider la cause de la Societé

D

contre l'Vniuerſité de Paris.

Ioint qu'il faut encore du temps au pere Coton,
pour mendier ſes deſadueuz par eſcrit de ceux qui
encores qu'ils ſçachēt la verité de la cabale des Ieſuites, toutesfois ne veulent point de querelle par-
ticuliere.

On ſçait comment monſieur de Suilly pour l'affection qu'il porte à ceſt eſtat a gourmandé cy deuant le pere Coton & en la preſence du feu Roy
luy a reproché ſa trahiſon & laſcheté, d'auoir eſté
ſi meſchant d'eſcrire en Eſpagne ce que le pauure
Prince luy auoit reuelé en confeſſion, & luy a re-
preſenté les originaux de ſes lettres interceptes ſur
le doubte que l'on auoit que le ſecret du Roy ſe
deſcouuroit aux eſtrangers. Mais en ce temps là ce
bon Seigneur auoit vn maiſtre qui mettoit la main
à l'Eſpée pour le deffendre : & tel crie hautement
auiourd'uy, qu'il y a cinquante mil hommes en
France pour maintenir les Ieſuites, lequel n'euſt o-
zé ouurir la bouche pour tant ſoit peu les recom-
mander, & lors faiſoit bien le chien couchant.

Quant à l'Abbé du Bois, il a preſché publiquement la Legende des Ieſuites, & ſes Sermons ouys
& receus auec autant plus d'applaudiſſement, que
chacun en ſa conſcience ſçauoit qu'il preſchoit la
verité, & pour ce regard, il eſt trop tard de s'en
deſdire. Mais quant à la Religieuſe d'Auignon, à
laquelle le Pere Coton a fait vn petit Ieſuiſtillon.
On ſçait bien qu'il y a eu ce pretendu deſadueu
de la ſaincte operation de Monſieur le Nonce, lequel a promis à ce pauure du Bois, de luy faire
donner vne bonne penſion, ie ne diray point par

qui , moyennant qu'il declaraft par efcrit au Pere Coton qu'il n'en auoit iamais parlé. *Et fic neceffi-*
tas cogit ad turpia.

Et neantmoins il n'y a pas en cela dequoy plus
s'eftonner , que quand le Pere Maiorius en l'an
1576. fit vn enfant à la Mufniere d'Azenay, pro-
che de la ville de Bourges , lors que ces bonnes
gens commençoient à s'eftablir en icelle , pour
faire paroiftre en effet que , *Iefuita eft omnis homo.*
Cela n'eft pas vn fi grand miracle, que ce qu'ils ont
fait eux-mefmes imprimer à Douay , d'vne pauure
fille flamende qui n'auoit piffé il y auoit douze
ans , mais auffi toft que les Peres Iefuites luy eu-
rent appliqué fur le nombril les Reliques du Be-
noift pere Ignace en forme de cataplafme , auffi
toft tous les conduits naturels de cefte pauure fille
furét ouuerts comme les cataractes du Nil,& piffa
plus copieufement que fix vaches. Il eft vray que
les copies de ce Miracle piffeux,ayás efté apportées
en cefte ville , & reimprimé en faueur de la Ca-
nonization future de ce Reuerend Loyola , ceux
qui ont bon nez , comme il y en a grand nombre
en ce quartier, ne peurent fupporter vn odeur fi
infecte, & commencerent à s'en mocquer à bon
efcient , de forte que pour euiter à plus grande rumeur , on fit emprifonner pour la forme,
quelques pauures Colporteurs qui les ven-
doient, encores qu'ils en euffent reprefenté plus
de cent exemplaires imprimez à Douay & à Bru-
xelles.

Or, monfieur de Courbouzon, apres auoir entendu tous ces propos, fi iamais femme demcura

estonnee, ça esté la pauure suppliante. Car sur la
veuë de vostre liure, & au bruit de vos belles raisons, ie m'estois persuadee qu'aussi tost le temple
de Charenton tomberoit à bas, comme les murs
de Iericho deuant l'Arche : mais apres auoir repris
mes esprits, ie songeay que si cela estoit vray, nostre communauté n'eust pas receu vn si grand raui-
taillement de vos liures, ny moy honoree d'vn si
precieux Ambassade vers vostre excellence qui
n'est à autre fin sinon apres vn milliers de remerci-
mens de la part des venerables Beurrieres de la
Ville, Cité, & Vniuersité de Paris, & infinies actions
de graces, pour ce qui est du passé vous supplier
tres-humblement de continuer vos beaux escrits,
afin que quand à l'aduenir nous entendrons crier
deuant le Palais. Voila le liure du sieur de Courbouzon Montgommery, nous puissions hardimēt
& en toute asseurance dire febé, pour qui est ce?
c'est pour nous. I'ay dict;

Au surplus il ne se faut estonner si en s'adressant
à la personne de Pierre Coton, l'Autheur de l'Anticoton a si bien estrillé toute la secte. Car ayant
esté choisi d'vne humeur plus courtizane, afin
que sous le beau semblant de sa saincte mine, il
peut escumer les desseins du Roy, & en aduertir
les Freres qui disposent ordinairement leurs Sermons, selon les nouuelles occurrences du vent de
Cour, tesmoins ceux que fit le Pere Gontier à
Noel dernier, qu'est ce autre chose sinon des com-
mentaires & explications des instructions particu-
lieres du Pere Coton?

Coton que l'on cognoist & remarque estre vti-

le & prouuer les affaires du Roy d'Eſpagne & autres qui deſirent l'agrandiſſement de leur eſtat par
la diminution du noſtre. Coton ſemblable à ce Co-
thon ou goubelet Laconique, dont parlent Athe-
nee en l'vnzieſme de ſes Deipnoſophiſtes, & Plu-
tarque en la vie de Lycurgus, duquel recomman-
dans l'vſage entre les vtenſiles des ſoldats de Lace-
demone, ils dient qu'il eſtoit faict de ſorte, que la
couleur engardoit de connoiſtre les eaux: que l'on
eſt contraint de boire en vn camp, ſi ordes qu'elles
font mal au cœur à les voir ſeulement. Ainſi le Pere Coton, ou pluſtoſt toute la Kyrielle des Ieſuites,
par ſon faux ſemblant & ſa contenance hypocrite,
a touſiours caché à noſtre bon Roy la ruze & le
trouble de leur cabale, le venin & le ſcorpió qu'ils
receloyent ſous leurs cappes, quoy que leur habit
eſpagnol, leurs inſtitutiõs catholiques, n'oſans dire
Chreſtienne, comme S. Auguſtin la nommoit, &
leurs equiuocques les deſcouurent aſſez: entre autres celle du meſme Coton, qui dict en ſon Epiſtre
declinatoire. Les Roys en Fráce eſtre les fils aiſnez
de l'Eglize, n'ozant dire le Roy de France en general, de crainte d'offenſer ce grand Milan ſon bon
maiſtre qui pretend iniuſtement ce titre.

Il ne faut pareillement trouuer eſtrange ſi l'on
s'eſt eſtudié de trouuer ceſte miſterieuſe ſentence
en l'Anagramme de Pierre Coton parlant à tous
les Ieſuites:

Ton nom ce dict de par Pluton,

PERCE TON ROI, PIERRE COTON.

23.

www.ingramcontent.com/pod-product-compliance
Lightning Source LLC
Chambersburg PA
CBHW060852180626
46818CB00004B/1675